雪、おんおん

八木忠栄

思潮社

雪、おんおん

八木忠栄

思潮社

目次

装画：三嶋典東／装幀：著者

雪、おんおん

走れや　走れ

ごんげん山のてっぺんで　今夜
四尺五寸が炸裂するという
バ、バ、バカな……
と言ってはみたものの
いざ　見物にまいらん
弥平も甚六も
鍬を畑に放り出して　走る
草刈鎌を畔に投げ捨てて　走る
夏草に溶けだしているヤマカガシ哀れ
柵をまたぎ
川をとびこえ
草をとばし　泥をはね

ごんげん山へまっしぐら
みな走る　走る
店仕舞いする夕焼雲
鴉どもがくりかえす世迷言
台所で鍋が煮えくりかえり
ねむり猫は大あくび
この家は留守らしい
かまどの神さまは終日ブツクサブツクサ
庭先や軒下をすり抜け
彦左衛門も嘉平治も息せき切って
それ行け　やれ行け
重箱も走る
四斗樽も走る
松の木立はグラグラ笑うばかり
地蔵さまはにっこり逆立ち
ダットサンが田んぼに突っこみ

婿殿は嫁御の股倉に頭を突っこみ
山も里も抱きあって大騒ぎ
走れや　走れ
ごんげん山のてっぺんで　今夜
四尺五寸の大股びらき

金色の時間
ミスタ田村を想い出しながら

思いたって近くの岸壁へ。
くたびれた釣竿を携え
ポケットにポケット・ウイスキー。

うたっている子どもたち。
晴れあがった五月の空に
鯉のぼりが行儀よく泳いでいる。
さて　何が釣れるか
ポチャリ　糸をたれる。

海面はニコリともしない
浮子は頼りなくふるえる。

海と一緒にポケットのなかの
金色の時間も小さくゆれて　ささやく
釣れるかい？

ウイスキーがよく似合った詩人
おーい　ミスタ田村。
列車で　ホテルで　酒場で　金色のウイスキーが
感情の水平線になってうねりはじめると
機嫌のいい軍歌がすっと立ちあがった。

雲の親子がしばし足をとめ
また　あわただしく走りだす。
海のかなたを飛行機がいくつも
見知らぬ町へつぎつぎにおりていく。
あしたは雨かも。

ミスタ田村と釣りの話をしたことはなかった。
いつも旅とお酒の話ばかり
女の話も少しばかりした。
シャイな隆《りゅう》ちゃんが顔を出す。

おれの時間は今
ウイスキーに沈んでいるけれど
金色の時間をのんびり刻んでいてほしい。
なめてみるとうっすら海の味がする。

生前最後の詩集『1999』のなかに
「一日の釣り船の代金が五十銭だった」
という一行。
「半助丸という古い漁船があった」とも。

海が母をはらんでいる　なんて

つまらない話だよなあ。
海は金色の時間を刻んでいて
魚たちはそのはしっこにかたまって
うつらうつらしているのさ。

何を釣るんですかあ。
何が釣れるんですかあ。
人間はけろりとして世紀末をこえた。

＊「　」内は田村隆一の詩「鬼号」より借用。

神さまの午後

無聊の午後
神さまは雲の土手に寝そべり
ただ釣糸を垂れていなさる
鉤のさきには
雲のみそっかす
なにを釣ろうというのか
風すこし
あくび連発
ゆっくりながれる雲から
浪花節がきこえてくる
〽海道一の親分は……
地上は今日も濁りきっていて

喧騒あるのみ
空に藻くずわんわんわきあがり
ときどき
かわいい悲鳴がつんのめる
バカめ！
神さまはあきれ顔で
さめた番茶をひとくちゴクリ
釣糸はピクリともしない
秋のながい午後
爆音もきこえない
ええ天気や

ころがるりんご

海までつづくいっぽんの凍る道
未完成のりんごがいくつも
ころがるころがる
ころがれ
ころがせ
あたりにはじけとぶまぶしさ
りんごのなかの時間がつぶやく
そこ　のいてくれえ
未完成がころがる
りんごの内部でころがる海の悲鳴
厚い雲がようやく切れて
光るものたち

あばれるものたちのお出まし
けれど　今は誰も歌わない
時の轟をひたすらむしるばかり
血がにじむ
ころがせ
ころがれ
急激に海に突き刺さるいっぽんの道
ひょうたんぐさは深く眠り
犬どもが火となって駆けだす
ころがる未完成たちをとびこえて

とがる水

水をたっぷりためこんで
ふとる紫陽花
夜ごとふとるのだよ
かたわらで棒立ちのまま
グワァーンとゆがんでいる男たち
そのうしろ姿　影また影
泣きだしそうなその貌が見えない
泥田の水に沈んで唇からこぼれ出る
おどりこやめめずのつぶやき
干あがる地層に　日ごと
赤いものあふれかえり
街も人もまぬけな声をあげるばかり

うぞうむぞうが重なりあい
わめきちらす
もう　あかん！
そこかしこ草ぼうぼう
紫陽花だけが水をためこみ
夜ごとふとるのだよ
とがる水が影また影に
ゆっくり斬りかかる

＊「おどりこ」はドジョウの別名。

ＢＡＺＺを焼く

二〇〇四年三月二九日のメモリー

青空へ
けむりはまっすぐのぼってゆく
満開寸前の桜をこえ
けむりになって　おまえは
たかくかけのぼってゆく
ごんごんごんごん
うしろをふりかえることなく
どこまでもまっすぐかけてゆけ
耳をピンと立て
ちぎれるほどに尾をふって

いちだんとまぶしい空

呆然とただ見あげているおれたち
川べりも
草むらも
電柱も
地上はどこも涙でいっぱいだ
膝まで涙につかったまま
立っているおれたち
のどがかわく
ひたいがさむい

かけのぼりかけおりた階段
うろついた公園
いくつもわたった橋
はしった砂浜
みんな　さようなら
膝までぬらす涙の量や

おれたちの声にかまわず
青空のきざはしをかけのぼれ
風のおとし穴や
空の怪物や
雲の断崖に気をつけて
ごんごんごんごん
のぼってゆけ

遠ざかるほどに
おれたちに近づく
遠ざかるほどに
おれたちが近づく
だから　ふりかえるな
まっすぐ　どこまでもかけて
ゆけ！

小さなコーヒー店の夕刻はおもしろし

木の階段の途中に立ちどまったまま
白い壁によりかかり
二階で演奏するジャズ・ピアノを聴く
誰が弾いているのかは知らない
誰の曲かも知らない
二階の客たちは椅子のうえで
からだを小刻みにゆらしているだろう

窓のすぐ外に立つ樫の木の葉を
くすぐっているのは鳥？
それとも神さま？
足もとを♪や♫がいくつも

とびはねながら
ころげ落ちてゆく
不意に若い馬が一頭ゆっくり
目の前を駆けあがってゆく
色とりどりのスカートが
水のようにくだったりのぼったり
ジャズの時間はおもしろし
木の階段の途中はおもしろし

ここは新宿・住吉町
石段をいくつかのぼって入った店
コーヒーの香りが
こっそりこぼれてくるのがうれしい
ジャズの時間に浸っていると
わけもなく突然
青臭いトマトをかじりたくなったり

誰かさんのオッパイに
傷をつけてみたくなったり
ちょっと　せつないなあ……

ピアノ演奏はまだつづいている
小さなコーヒー店の
夕刻はおもしろし

松島や

島〳〵の数を尽《つく》して、欹《そばだつ》ものは天を指《ゆびさし》、ふすものは波に
匍匐《はらばふ》。あるは二重《ふたへ》にかさなり、三重《みへ》に畳《たた》みて、左にわか
れ右につらなる。負《おへ》るあり抱《いだけ》るあり、児孫《じそん》愛すがごとし。
――松尾芭蕉「おくのほそ道」松島より

ひとゆれ身ぶるいすると
船は湾へすべりだす
二六〇余島ひとつひとつが一丁前に
名前をいただいて浮かぶおかしさ
そばだち　はらばい　いだける
しゃがむ　ねそべる　ねまる
思い思いのいとしい姿かたち
微妙に異なる風が
のんびりした時間を撫でながら

島それぞれにたわむれ　からみあう

仁王島　あれあれ
鐘島　おうおう
船室の左に右にカメラや帽子が走りまわる
声がよろめく

褌一本の武者ひとり太刀をくわえ
抜き手を切って湾を泳ぎゆく
魚や貝どもは呆気にとられ
ただボーとして見おくるばかり
あれはマサムネ
何ごとか？

大黒島
毘沙門島

恵比寿島
布袋島

島かげに夏はまとわり　とどまり
島々に夏は千々にくだけ*
風はほうほう　ひとめぐり
さらに　ひとめぐり
松の緑はこまやかに
世を厭う人かげもちらほら見えている
マサムネが一匹の鮫になって泳ぐ

亀と鯨の双子島
縄でしばっても
運ぶに運べぬ千貫島

あれが五大堂

テッポーをかつぎ
凛として軍馬にまたがる幻の人
そのかげ　いつまでも波打際を去りがたく
おれをここまではるばる導いてきた
馬上のなつかしい人よ！
まみえることなかった幻の人よ
ただいま到着！
六十七年前の光と影は
五大堂の甍と松にぴったり重なる
風景と時間は目を伏せたまま
波濤のかなた

松島や
島それぞれの夏すがた

＊嶋々や千々にくだけて夏の海　　芭蕉

冬の戦場《いくさば》

あーん、あーん、先生よ
ぼくの口のなかを
蜂どもがうるさく飛びまわる
舌が勝手に走りだす
のこぎり、かなづち、かんな、くぎぬき……
やつらが忙しく出入りする
あぶない、あぶない、
牛も馬ものっそり
荷車をひいてなだれこむ
さむらいが一匹
寝ぼけまなこで出入りする
あーん、あーん、先生よ

冬の日が落ちかかるというのに
漁師権蔵《ごんぞう》は沖合でいつまでも
数頭のくじらとたわむれている
波は歯をむいて嗤う
あれは　何者？
また　あばれだす赤い蟲ども
泥トラック暴走
あーん、あーん、

沖合へ

冷えきったこの岸辺から
沖合へ漕ぎ出す小舟
それはひとつぶの涙かもしれない
一漕ぎごとに夜は明けてくる
風がこぼれて走りだす
たえずかたむく小舟

海は眠りからさめたらしい
思い思いの声をあげはじめる
それから
海中に沈んだ幾千の乳房が身ぶるいして
いっせいに直立する

熱を発してうねりうねる舌
アナタニアゲタ夜ヲ返シテ……
涙を返して
幾千の子らを返して

澪標のかげはどこにも見えず
風にたわむれるちぎれ雲
水母のダンス、ダンス、
ゆられ、うたい、みだれ、わらい、
朝が棒立ちになり　地団駄ふむ
駄ァ、駄ァ、
ひとつぶの涙はぎざぎざに裂けて
火の陰《ほと》をなぞる

炎えて沖合
ガバと起ちあがる

火の哄笑

昨夜来　土蔵のなかを
あるきまわっている大徳利
そのなかに星どもが
いくつも燃えながら落ちてくる
ポチャン、ポッチャン、
うたうような音のすみっこで
青大将が一匹のうのうとお昼寝
味噌樽も　鍋釜も
かたむいて心地よさそうな大いびき
わたしも大徳利を抱いて寝そべり
星どものおしゃべりを
いつまでも聴いていたい

土蔵のそとは猛吹雪
凍る門口には一族郎党が吹き寄せられ
とがった耳をそばだてている
ナーンモ見エネエ……
ナーンモ聴コエネエ……
吹雪が家々を叩いて
小さな火を投げこんでゆく
大徳利のなかの時間も
わたしのこころも
ぶち叩かれてようやく燃えはじめる
猛吹雪をついて
ほむらは高く高く噴きあがり
火の哄笑　天をかきむしる

こぼれる、彦六さんよ

バスケットボールの試合を
テレビ観戦していた林家彦六
にがい表情で弟子に言う——
「網籠の底が破れていることに誰も気がつかねえ、
だれか、おせえてやれ！」
たしかにおっしゃる通り
あすこから弾むボールがドスドス
こぼれ落ちているじゃないか
ノッポの選手たちも弾みながら
あれあれ、こぼれる
口からおまんまがこぼれる
朔太郎さんがおまんまをこぼす

いや、おまんまから
朔太郎さんがこぼれる
水からバケツがこぼれる
火酒からモスクワがこぼれる
ゴマからヘソがこぼれる
♪からグランドピアノがこぼれる
たまご焼からフライパンがこぼれる
巨乳からブラジャーがこぼれる
彦六さんよ
ドスドス、こぼれる
涙からどんぐり目が
ちょうちんから鼻ぼこが
入れ歯から爺ちゃん婆ちゃんが
札束からふところが
メイルから携帯電話が
彦六さんよ

まだまだ、こぼれる
ドスドス、こぼれる
木枯から海がこぼれる
ぎんなんからぎんのよるがこぼれる
胸の骨からきりぎりすがこぼれる
昼の蚊から木魚がこぼれる
大根から馬がこぼれる
葱から夢の世がこぼれる
噺から噺家がこぼれる
詩から詩人がこぼれる
彦六さんも朔太郎さんもこぼれる
破れかぶれのニッポン列島から
さて、何がこぼれているか――
だれか、おせえてやれ！

雪、おんおん

されば暖国《だんこく》の人のごとく初雪を観《み》て吟詠遊興《ぎんえいいうきよう》のたのしみは夢にもしらず、今年《ことし》も又此雪中《ゆきのなか》に在る事かと雪を悲《かなしむ》は辺郷《へんきやう》の寒国《かんこく》に生《うまれ》たる不幸といふべし。雪を観《み》て楽《たのし》む人の繁花《はんくわ》の暖地《だんち》に生《うまれ》たる天幸を羨《うらやま》ざらんや。

――鈴木牧之『北越雪譜』

ゆらゆら　木の橋をわたってくる女たち
思い思いのコートをまとった十数人
かげろうのようにあるいてくる
彼女たちには目がない　口がない
目がないのにあおむいて泣いている
口がないのにひっそりと笑っている
泣いているのに笑っている
笑っているのに泣いている

藁くずになり　ぼろきれになり
おろおろあるき　すべってころぶ
すべってころんで　またあるく
崩れゆくこころをきつく抱きしめ
おんおんおんおん
雪、いつどこでだって降っている

野犬になって　いきなり
駆け出していく兵隊サンたち
何処へ？
兵隊サン　兵隊サン
ここからは何も見えません
ここからは何も聞こえません
泥田の海胆どもがうなる声
泥海の田螺どものぶきみなつぶやき
ここらは寒くてやりきれない

テッポーかついだ兵隊サンたち
そこの地面の割れ目からとび出し
そこの肉の割れ目からこぼれ出し
そこの歌の破れ目からころげ出し
何処へ？
そこかしこ　冬も夏もあふれるブルー
おんおんおんおん
雪、いつどこでだって降っている

緑陰にちらばってあたりを睥睨している
さかしらな思想のどんぶりばちや
驕慢な思想の喇叭は
荷車にぶちこみ地平線まで運び去ろう
雲が走るから　森も林も水の下
そこには見知らぬ顔がぎっしり群生している
高層ビルのてっぺんでは今日も

人が逆立ちしたまま干からびている
山も河も水の下
どんでんどんでんどんでんどんでん
あなたのくらしの旋律が
つんのめってころんで宙返りして
わたしのくらしの旋律を器用にこすりあげる
だから臓物がしたたたたりりりりそう
たえず鼻歌をうっとりりうたたたう
うたって湯舟にしずむ
逃げも隠れもいたしませぬ
白い悲鳴が棒立ちになっている
鼻歌にも湯舟にも悲鳴にも
今さらおどろくことはない
おんおんおんおん
雪、いつどこでだって降っている

言葉のスクラムをつらぬいて
夜半にのびるぶっとい氷柱
だんまり　ずんぐり　ずんずんのびろ
ほころびた言葉のむくろは
明けがたの裏山に棄ててしまえ
忘れられた山また山また山
なまぐさい風がうれしげに繋っている
幾層にも重なる風のしわぶき
その下で　あなたも水のように
どんでんどんでんどんでん
飽くことなくねんごろに雪をあやしつづけ
雪を営々とはぐくみ憎悪しながら
水そのものになって雪を喰らいつづける
髪かきむしっては日ごと夜ごと雪とまぐわい
火を呑みこんだ股倉をしごいては
とめどなく雪また雪を流産しつづける

おんおんおんおん
雪、いつどこでだって降っている

あなたのからだのなかには
いつも暗がりという陽気な空洞がぎっしり
こころは日ごとそっくりかえり
夢のなかみまでまっくろけ
こころと夢とがとけあうぬるい水たまりで
あなたが飼いつづけているかたまり
それはいったい何？
だれもが笑っているだけ
水たまりはぬるさをひろげてくるだけ
木立のかなたでうなだれている　あれは
抒情の尾ひれをくわえて迷走する夜行列車
乗客たちはあてもなくさまよう石ころ
ここは寒くて暑くて　寒いのです

出発はいつまでも凍結されたまま
ひたすらまぶしい朝を待つ
勝手口でテッポーかついだ兵隊サン
助ケテクラサイ！
おんおんおんおん
雪、いつどこでだって降っている

おどるビル群にも雪
あぶない餌をあさる鳩たちにも雪
ビキニをはみ出したムスメたちのお肉にも雪
激突するダットサンにも雪
イチローのバットやグラブやサングラスにも雪
五七五や七七の朗唱にも雪
タンゴやマーチやブルースにも雪
父上のりっぱな髭にも雪

増殖してやまない癌細胞にも雪
おびんずるさまにも雪
破廉恥な施政方針演説にも雪
あいうえおかきくうけいこの背中にも雪
地獄八景亡者の戯れにも雪
対馬海峡や東シナ海のうねりにも雪
おんおんおんおん
雪、いつどこでだって降っている

空いちめんに鉈や鋸が乱れとび
野仏たちは日がな一日小川をかきまわす
山脈が起きあがってはわめきたてる
狩りとって高く吊るされる愛唱歌
その甘い声がしたたりやまない
もっともっと出鱈目を！
季節のざわめきをドッコイまたぎ越しながら

一列　ゆらゆら
木の橋をわたってくる女たち
思い思いのコートをまとった十数人
いや、数十人、数百人、
彼女たちには目も口もない
影もなくて　ただおろおろ歩く
おんおんおんおん
雪、いつどこでだって降っている

さくら偵察

ここらの者でござる

土手のここいらそこいら　見渡せば
ベンチにくったりもたれている爺ちゃん
キャッキャッキャッキャッ
日がな一日うるさいネエちゃんたち
うろつく犬ども鼠ども
今こそ惨憺たる春は来りぬ
三分咲き、いや四分咲き……
青空や南風に　こころのうちをさりげなく
まずは浮かべておきなさい

エビも棲まない海老川のつぶやき
にわかづくりの露店ぼちぼち
ちょうちん　ぶらり、ぶらーん
やよい夕べは風冴えるふぜい*
一夕の夢背負った徒輩が
ぶらり　よろり
田んぼのかげやコンビニの裏手から
集まってくる年年歳歳のおかしさ
穴を出てくるものどものおろかしさ
ちぎれ雲はバラバラに流れてら

もうすぐ歌舞音曲のお出まし
お定まりはへべのれけ
あくび　いらんかね
喧嘩ならもってこい
団子なら食ってやる

空瓶ごろり　お尻ごろり
おにぎりころり
冗談ぽろり
みじんこも亀の子も
さあ、寄ってこい、こい
頬っかむりや千鳥足が
川の流れにそっと浮かんで沈んで
また浮かびあがる

おのおのがた
さてもさてもの
さくらでござるよ

＊椎ばかり風冴ゆる弥生夕べかな　　富田木歩

母を洗う

生家のうらを流れる川
月の光あふれる川べりで　今夜
母を洗う
――ばかげたいい月だねか。*
つぶやきながら　母はするすると
白い小舟になって横たわる
ささやくような川の流れを
両掌ですくってていねいに洗う
窓から弟がこわい顔してのぞいている
妹は袂に夜露をいっぱいためている
月の光あふれあふれ
――めったに見らんねえ月らこて。*

母が背負ってきた物語が
草むす川べりに
こびりついたまま縮んでいる
ぼろぼろの声もこびりついている
ひたすら洗う
石垣にひそむ藻屑蟹も出てきて手伝ってくれ
蚯蚓はいっせいに歌ってくれ
白い小舟を洗うよろこび
ただ　しゃぼしゃぼ、しゃぼしゃぼ
——きれげ*になるねか。
夜空にもいつのまにか
夢のかたちにとがった小舟が浮かぶ
かなたにけだものどもの気配
冷気をふくんだ草にまみれて
いつまでも洗っていたい
——いとしげ*になったねかやあ。

もしかして　おれは今も
母に抱かれたまま
母におぶわれたまま
母を　しゃぼしゃぼ、しゃぼしゃぼ
洗っているのかもしれない

＊ばかげた——たいへんに
＊月らこて——月だこと
＊きれげ——きれい
＊いとしげ——かわいらしい

夢七夜・抄

第一夜（猫が……）

青山三丁目の交差点脇
ロシア人の老婆がむっつりした表情で
大鍋で猫を三匹煮ている
　一匹は、泣きわめき
　一匹は、笑いころげ
　一匹は、ただぼーぜん
でろりでろりと煮こまれている
豆腐やどくだみも一緒にぶちこまれている
かたわらを通りぬける
のっぺらぼうたちのざわめき

三丁目から二丁目へ朝の呟きがころがり
晩秋の空を丹念に切り裂いてゆく
雲はまなこをつりあげて迷走する
（猫ハウマク化ケルンダゾー）
（雲ニモ尻尾ハアルンダゾー）
ちぎれ飛ぶ雲のひげ　雲の耳
車はナムアミダブツをくりかえし
落葉はなみだの粒々をかぞえる
路地の奥で暗いテーブルがかたむき
ナイフとフォークが抱きあって歌う
ウィンドーに吊るされたまま
終日　踊り狂う猫の尻尾　猫の舌
三匹の猫の髑髏が土鈴になってころがりだす
コン　ゴンゴロ　ゴン　コンコロ
足うらをくすぐる舗道は季節を裏がえし

時間の背中に爪を突きたてる

ロシア人の老婆が
太い腰をようやくゆすりあげる
　（四匹目はそこかい？
　（五匹目はあんたのスカートのなかさ
よく煮えてきた……

第二夜（良寛さま）

日暮の浜にぽつんと立っていなさる
あれは良寛さま
ご自分の石像を背負って
丘のうえで子どもたちはワアワア哭くばかり

田んぼに頭から突き刺さった百姓たちは
みな干からびてしまった

でっかい夕陽も声あげて哭きだした
間もなく佐渡のかなたへ
ストンと落っこちるぞ

良寛さまの石像は
国上山の中腹でついさっき
こと切れたばかりです

第三夜（徳の市）

私の肩につかまった徳の市がだしぬけに言う
——夕べは幾人《いくたり》ほど斬りなすった？

――何だと？
――へへへへ。
――わかるか。
――ここいらがやけに凝ってまさあ。
――虫けらが束になってかかってきやがった。
つよく、やわらかく、つよく、五本の指と掌で
揉みほぐしながら　すすめられた茶碗酒をあお
る　踊るような煽るような太い指先
――近ごろは物騒なこって。
――命なんざ、いくつあっても足りねえよ。
酒臭い息を背後から放ちながら　ひくく笑う徳
の市　いい気持ちで私がついうとうとしている
と　とつぜん指と掌に力を加えてきた　肩をべ
キベキ鳴らしはじめる
――おい、無茶ぁするな。
――これからでがんすよ。

馬鹿力がグイグイ加わってくる　酒臭い息がたまらない　にぶい音をたてて砕ける両の肩
——市、この野郎！

——たわいもないこんで。

——ああッ！

——これからでがんすよ。

障子に迫る虫けらどもの影

第五夜（胡同にて）

北京の胡同《フートン》の一角らしい　若い妻と私は談笑しながら　古びた路地をあてもなく歩いている
ごちゃごちゃした秋風が心地良い
おや　むこうからやってくるのは　チャップリ

ンじゃないか　例のスタイル　例の歩き方　秋
も終わるというのに右手にステッキのかわりに
季節はずれの西瓜をぶらさげている「おかし
いね」と妻が笑う　往きかう中国人たちはチャ
ップリンとは気づいていないらしい　ヒョコタ
コヒョコタコとチャップリンは近づいてきて
妻に向かって愛想をふりまく　連れの私などま
ったく無視して　ニッコリ
チャールズ！
と　いきなり妻のほうから声をかける
かあちゃん！
急ぎ足でそばまでやってくると　チャップリン
は足を止めて　またニッコリ　ふたりとも旧知
のごとくパッと顔を輝やかす
チャールズ！
ふたりは大袈裟に手をとりあう　チャップリン

は無言のまま　自分より背の高い妻の肩を親し
げに抱く　煉炭を積んだリヤカーが通りすぎる
私はただ呆然自失　ふたりはわけのわからない
言葉を　二言三言残して足早に歩き去る

私はなぜか　チャップリンの西瓜をぶらさげた
まま　そこに阿呆のように突っ立っていた　ふ
たりの姿はもつれあいながら路地から消えた
ごちゃごちゃした秋風が　私にまとわりついて
嗤う

さて　王府井裏通りの居酒屋に　周恩来叔父さ
んを呼び出して　一杯やるかあ

第七夜（雪だるま）

さぶい！
夜半に目がさめた
生家の寝床らしい
よろりと厠へたつ
足の踏み場もないほど汚れている
便器が口あけて笑う
（いらっしゃーい）
得体の知れないものらあふれ
婆さまの顔も沈んでいる
耳もちんぽこも凍りそう
歌いながら道路を通るのは
雪だるまの行列らしい
♪ワレラハ×△○⊠ヲメザス、ヘイ
急激に襲う嘔吐感

♪ワレラハ☆◎×▽ヲメザス、ホイ
血だらけの小魚をごっそり吐く
婆さまよ　助けてえ！
雪だるまたちはやがて
桑探峠にさしかかる
みな首を刎ねられるぞ！
凍って通る首無し地蔵
足もとをよく見てごらん
まだ小便が出ない、ヘイ
婆さまの顔は
崩れる雪だるま、ホイ

朔太郎さんの蛇の目傘

雨激しい夜
「おーい」
庭先でとがった声が呼ぶ
だあれ？
蛇の目傘をさし　呆然と突っ立つ人
傘の闇にひそむ顔はけぶっている
「ハギワラです…」
悲しげな声がこぼれ出る
広いひたいを突き出し
白い歯をニッとお茶目にあらわす
朔太郎さんじゃないか
やあ、かなりご酩酊のようす

海老川べりの居酒屋で
誰某としこたま飲んで別れたが
「まだ飲みたりねえ」という
ま、あがりなさいまし
雨に濡れたあやしげな闇を振り払いもせず
「ちょっくら…」
溜息まじりに縁側にあがる
あぐらをかいたまま　ふたりはそれから
コップ酒をただ黙々と干す
雨はさらに激しく　やみそうもない

夜半過ぎ
朔太郎さんはつぶれてしまった
荒い寝息をたてるその背後で
蛇の目がひらいたり　とじたり

雪の野面へ

父をおくる

まあたらしい木の舟を
ぞろりのがれ出て　あなたは寝床から
雪の野面へ這い出してゆく
かぞくやじぶんからものがれ出て
闇を抱いたいちめんの雪へ
ズズと這ってゆこうとする　もう
とっくに歩行をやめたこころをひきずって

お燈明。
お燈明。
憲兵さんに、
お燈明。

山の中腹で　夜っぴて
激しい雪にかたむいている毘沙門さま
わかれのことばは凍ってしまって
さぶい　さぶい
鬼瓦の雪を蹴ちらかし
うるさく裏山へとびたつ鴉ども
声を束ねてお題目を唱えてくださされませ

　赤い、咳ばらい。
　赤い赤い、咳ばらい。

火はあからさまに水を照らし出し
水はとがって火を洗う
今夜　ここらにくぐもる語らいは
うねりくねって尽きることがない

しかし　あなたの声は
のみどの奥いっぱいにからまり
とっくに干あがっていた

のがれこぼれて　雪の野面へ
けんめいに這い出してゆこうとするあなたが
今夜は誰の目にもはっきり見えている
どこまで？
とはもう問うまい
這って　ズズ……
お題目を唱えてくだされませ

　憲兵さん。
　さぶい憲兵さん。

季節は山脈によりかかったまま

黒ぐろとまだ深い眠りをねむっている
あなたの萎えてなお骨太だった足は
白く焼き尽くされる
あしたは　山あいの雪も
あかあかと燃えあがり
あなたの声をすっかり焼き尽くす
そのための火も水も　今夜
たやしてはならない

お燈明。
お燈明。
憲兵さんの、
お燈明。

影の家

石垣のあいだで
すっかりつぶされてしまった蟬の声
崖上から赤子の泣きさけぶ声
さらに遠く近くから
汝は汝の村へ帰れ、*という声。

妙にほてったこの道は　しかし
石蹴りに興じた草ぼうぼうの地へと
つづいているわけではない
電信柱に巻きつく烏蛇
草むらであめちょこの野郎が
自分のちんぽこをいじくっている。

寡黙な家々はすっかりとり壊され
影だけが蜥蜴のように地べたにへばりつく
代々のしわぶきが軒先に吊るされ
ながながしい雨また旱が
影の息づかいをしぼりあげる。

影ばかりがまだ生きのびようとする家へ
ぼろくず同様に漂着する
しかめっつらした尻子玉
(ク、タ、バ、レ、ナ、イ)
鬼瓦からじいさまのきんたまが
干からびたあけびみたいに一年中
ぶらさがり喚いている。

＊「汝は汝の村へ帰れ」＝西脇順三郎「旅人」より。

雲の崖っぷち

天が燃えあがる昼さがり
巨大な雲のかたまりが
この街はずれにドッサーンと、落下。
雲は地を這い、怖ろしい表情でふくれあがる。
そのあやうい崖っぷちで鬼の子になって
うるさく無茶に、じゃじゃれあっている私と弟。
何が、そんなにうれしいのか――
何が、そんなにかなしいのか――
ヤッホ、ドンドンッ、
ヤッホ、ドンドンッ、
焼けこげた光の束が　私たちの
背中いちめんに覆いかぶさり

思い思いに針の爪を突きたててぶらさがる。
尻や膝や踝にも容赦なく群れてからまる。
あッ、あッ、
「あッぶないよー」
遠くから叫ぶ声　あれはきっと母さん。
その声に風だけが呼応するように
雲の崖っぷちをゆさぶりたてる。
ゆさ、ゆさ、ドンドンッ、
ほい、ほい、ドンドンッ、
それでも私と弟は
思いっきりジャンプしたり
器用に宙返りしたり
たがいの影を蹴りあったり
くすぐりあったり
いつまでも飽かずにじゃじゃれあう。
鬼の子になり

塵芥になり
ヤッホになってじゃじゃれつづける
雲はまだこんなにふわりとしてあったかいぞ
地上はもうすっかり寒くなったかい？
「あッぶないよー」
急激に遠ざかってゆく母さんの声。
ヤッホ、ドンドンッ、
ヤッホ、ドンドンッ、

あの柿の木の股

「おまえはのう
あの柿の木の股から産まれたがんだ」
窓の外の柿の大木を指差し
ばあさまはにっこりして　私に
くり返しそう語って聞かせた
そのたびに柿の木の股をしげしげと眺めながら
こどもごころにちょっと淋しかった
ごつごつして妙になまなましい股
ばあさまの言葉を私は信じて疑わなかった
けれども　ばあさま！
弟の場合は　ある秋の日の午後
かあさんのサルマタのなかにオギャーと

産まれ落ちたんだよなあ
家中みんなが騒いでいたじゃないか
小学一年生の私はそれとなく知っていたぞ
「でも　せがれであるおまえはおまえ……」
柿の木の股がほんとうのかあさんだとすれば
毎年　たわわにみのるあの柿の実は
ひとつ残らず私の兄弟姉妹——
幼い私にも　世のなかのことが
少しだけわかりかけていた
薄闇につつまれてゆくような気がしはじめていた
あの柿の木の股……
かあさんもばあさまも
そのばあさまもじいさまも
ご先祖さまたちはみな　あの柿の木の
股から産まれたとばあさまは語った
でも　ばあさま　答えてくれ！

カキノキノマタカキノキノマタカキノキノマ……
本気になってつめ寄ると
ばあさまは白髪を乱し　寝たふりをしたまま
でっかい屁を　いっぱつ！

水門から

この町はいつも
水門から明けてくる。
岸辺は冷えきっているけれど
潮の香は時のへりを洗いつづけている。

橋のたもとの古いポストに
きのう投げこまれた宛名のないメッセージは
いずこの夜明けに向かって今
高く翔けているだろうか。
赤ちゃん　泣きなさい
そのすがすがしい泣き声を
海鳥よ　どこまでも

どこまでも　運んで行きなさい。

風の背後に風がたちあがり
光の背後に光がたちあがり
水門へと休みなく押し寄せてくる。
人は　色とりどりの
ものがたりをかかえていて
ものがたりはていねいにほぐされる。

笑うな　海ぼうず！
おれたちは丸木舟になって
しなやかにとがり
水門からよろめき出る
波を激しく叩きながら。

あっぱれ！　青ぞら

しびれるような青ぞらに
女たちは笹舟をいくつも浮かべる
重たい乳房を持てあまし
川べりでのめりながら水を汲む
男たちは赤茶けた田の畔に棲んでいて
おのれの臓物の冷えたぬかるみに
あばれ馬を一頭ずつ飼っている

青ぞらの下を支配しているのは
なんて暗い午後なんだ
ウソで固めたそぞろ歩きがくり返され
ぬるいうわさをこねあげる

そんなにのめって　まあ
水をそんなに汲みあげて　まあ
なつかしい橋をいくつも渡ると
名づけようのない町のお祭り
ワッショイ！
にぎわいのどまんなかを時どき
あばれ馬が思い出のように何頭も駆け
重なり合ってどこまでも
ぬかるみを派手に蹴散らして行く
草ぼうぼうの男たちの背中から
古びた時間がこぼれ落ちる
女たちの笹舟は歌いながら
どんどん乾きはじめる

ごらんよ
田んぼはあのようにゆがんでゆく

青ぞらから
時ならぬさくらの花びらが性器のように
夥しく踊っている
あっぱれ！

月夜の田んぼ

夜半　田の面をのぞきこむ
水は満々　眠ろうとしてねむれない
水面に父さんの顔がぼんやり浮かんできます

膝から下をとりはずした　自分の
片脚を肩に担いで　どっこい
父さんはほくそ笑んでいる

月夜の田んぼで蛙の合唱を聴く
こ、の、あし、が、……
こ、の、あし、が、……

蒼い、
みにくい、
蛙たちがうたっています

夜気の密度が増してきて
田の面をゆっくりさすります、ゆすります
満々の水、泥田かな、月夜かな、

その脚　どうしたの？
くりかえし問うてみても
濁った眼をほそめるだけの父さん

日本海の彼方へ走る憲兵サン
赤い大陸に追いかけられる憲兵サン
ほどかれてゆく血だらけの脚半

笑えなくても笑いたい
笑いたくても笑えない
この、あしが、ど、どろが、

蛙たちが唱える
ナンミョーホーレンゲキョー
父さんの顔面にぬるいあぶくが集まってきます

泥がさわぎだす
蛙たちがさらにうたいだす
膝が声を殺して泣きだす

憲兵サンは
みにくい蛙たちに埋もれたまま
深夜の饗宴の最中です

鎌倉や……

回春院の小さな山門をくぐる
和尚さまは
アンダーシャツにゴム長靴のスタイルで
庭いじりをしていなさる
首すじに光る汗と
泥のついたゴム長靴
笑顔でお出迎え

和尚さまと縁先にならんですわり
おいしいお茶をいただく
草ぼうぼうの湿地
むかしの池に戻したいんだが……

大亀が棲んでおりましたそうで……
いまは螢も出ます……
老鶯のきれいな声が　しきりに
万緑押しあう谷あいに谺す
鶯は汗をかかないのだろうか？
ときどき　ほととぎすの声
その声は泥をあびることがあるのだろうか？
谷あいをすべってくる風がありがたい
立ちあがる雲　あれは文殊菩薩か？
けっこうなお茶です
和尚さまはニコニコしてくり返す
むかしの池に戻したいんだが……

谷をわたる老鶯の声に誘われて
裏山の藪道をのぼる
まむしがひそむ藪のうねり

むかしを語る矢倉また矢倉
頼朝さんの海が眺望できます……
大仏さまはあのあたり
藪道やまむしに
足や気持ちを盗まれないように
鴉天狗たちにさらわれないように
和尚さまが笑顔でお見送り
さりげない風に押され
老鶯とほととぎすに誘われて
ゆっくり　足首をひねったり
駄句をひねったりして　万緑をたどる
季語に浸かって藪道を漕ぎあがる
かまくら、や……

合掌し一礼すればほととぎす

お山へ

捨ててておくれ　さっさと
愚図愚図せずに捨ててておくれ
とにかく　あっさり　かまわず
捨てちまっておくれ
早く行きたいのだ　あの白いお山へ
ゆび折りかぞえて待っていた
その日のために生まれてきたのだ
早くしておくれ
ダイコンのしっぽを捨てるように
イワシのあたまを捨てるように
コイビトをポイと捨てるように
迷うことなく　スパッと

娑婆の挨拶や風にはもう飽いた
あいつにもこいつにも会いたくない
酒を飲むほどに　酔うほどに
お山がくっきり見えてくる
白いお山がやさしく呼んでいる
歌をうたうほどに
お山が晴ればれとして近づいてくる
お山がニッコリ笑って招く
みんな呼ばれているんだ　あの白いお山に
ある日　ある晩
おのれをおのれの背中にくくりつけ
やれ行け　それ行け
「お晩です」
「お晩です」
みんないい子になって
仏さまになって

さあ　急ぎましょう
愚図愚図せずに　さっさと
あとがつかえております
念入りにお化粧はしましたか?
トイレは済ませましたか?
もうすぐ乾いたホネになるのですから
仏さまになるのですから
さっさと捨てておくれ
ああ　いやなやつばかりだった
おお　いやなことばかりだった
捨てておくれ
捨てちまっておくれ
お山へ

春、ぼうれい

春だから
人はみなやさしい棒になって
そとをあるいている
ぞろぞろあるいている
ぼうれいになって
よろよろいつまでもあるいている
　カラーン　コローン　カラーン　コローン
行くあてがあるのか　ないのか
生きているのか　いないのか
口もとはうれしそうでも目尻はかなしそう
虫は穴という穴からはい出して
地上にあふれこぼれもつれ

草は黙々と土を破って芽を吹く
屋根瓦はアハハアハハと身をゆすり
きょうのつぎにはあした
あしたのつぎにはあさって
さらに　やなあさってがやってくる
のうみそが溶けてながれている
凡庸な川をいとおしむように
ぞろぞろあるいている
あばら家をめぐりめぐって
ぼうれいになってよろよろと
春だからね
ゆうべの悪い夢はドブにながし
ひそかにふぐりをぴちゃぴちゃ洗うやつ
きたない指を折って
ポイポイと四句も八句もひねり出すやつ
髪逆立ててなにわぶしをうなるやつ

産みのてておや　育てのてておや
三味線にあわせてふざけあう
べべん　はっけよい
圓朝さんのぼうれいも
ちゃっかりまぎれこんでいるかもしれない
　カラーン　コローン　カラーン　コローン
これをうれしい出囃子にして
さあ　とんで出てこい
さくらの枝からうわばみがたれさがり
後家さんのスカートから入歯がとび出す
冬がめくれて　すっかり春だから
春をめくれば夏だから
この世のうすものが浮かれだす
人はひとり残らず三途の川を越えたか
いま　そこへ向かっているのか
地獄八景はめぐりにめぐる

土橋から座頭がころがり落ちる
人情紙風船を追ってあらそう餓鬼ども
山麓には古戦場がひろがり
山を越えればにぎやかな戦場の巨大パノラマ
♪春だから、と戦場がうたう
♪うれしいな、と春が追いすがる
上空はるかコンドルは燃え尽きるだろう
渡り鳥が人のいのちの姿なら
雁風呂、がんがん
田楽、でんでん
誰もがやさしい棒になって　春たけなわを
燃えるぼうれいになって　いつまでも
かたむき　あるきつづける
目ン玉を塩で洗ってから
しっかりご覧なさいまし
ぎざぎざの風が恋しい

天も地も春はあけぼの
からす勘三郎がこぼすためいき
　カラーン　コローン　カラーン　コローン
圓朝さんのぼうれいをさがそう
がんぶろ、がんがん
でんがく、でんでん
春をめくれば夏だから
うすもののように人はみなながされて
そぞろあるきは果て知らず
あれ、
まあ、

ひ、虫喰い家族

ご覧なさいまし、この景色
彦之丞のあたま、虫喰い
源左衛門の膝っかぶ、虫喰い
そのむすめの子宮頸、虫喰いだらけ
せがれの前立腺、虫喰いだらけ
風情もなにも
老いぼれうぐひすの里だよ
天から吊るされたアンパンたちのつぶやき
夢も寝言も、すっかり虫喰いだらけ
遠路はるばる、らっきょうの行列だよ
田んぼの水がそろって笑ってらあ
家系図も万世一系も

忍術虎之巻も、虫喰い
仏壇も転失気も、虫喰い
奥座敷も、虫喰いだらけ
大字《あざ》小字《あざ》の所番地も
うっとりするほどの虫喰いだらけ
過去帳も、虫喰いだらけ
夜を徹しての虫虫虫虫自慢
おのおのがた、出あえ
泥田の泥も、虫喰い
堤防も土橋も水門も、虫喰い
どじょうと唐辛子を
おやつにたんまり召しあがれ
お女中のこんにゃくにも毛がもさもさはえて
ちりとてちんとてちんとてちん
たかが鉄瓶の分際で笑わせるではない
暦が虫喰いのままめくられる

虫喰いのまま放置される底あげ列島
空にぎっしり虫喰いの雲、あそび
先祖代々例外なく目が、まわる
もう血眼が破けそう
父さん、どこ?
母さん、台所でわめきながら
虫喰いの菜切り庖丁を振りあげる
ほれぼれするようなものがたりは、すべて
この虫喰いからほどけて溶けだす
虫喰いだらけのアンダンテ
ホームページも、虫喰いだらけ
藪井竹庵先生も、虫喰いだらけ
雑巾にて井戸水を終日ていねいに磨くべし
昨日も、今日も、明日も
陽気な家族はむやみに寄ってたかって
こ、これ、このとおり

ひ、虫喰いだらけ
そろいもそろって
ホラね

反歌

世のなかの虫喰い山ほど積みあげて冬ごもりする家族いとしき

リヤカー、走る

泥んこ道をリヤカー走る、
赤い風に煽られ
風だるまになった父が引くリヤカー、
グングン走る、走る、
リヤカーに耄碌したじじばば乗せて
たのしいナ、うれしいナ、せつないナ、
ひょーい、じじばばは
立ちあがって、がっぷり四つ
照国、羽黒山、よーい、はっけよい、
やんやの声援を惜しまない道の草ぐさ
風だるまになった父は
どこまで、走る？

野良着はだけて、泥はねとばし
勝手知ったる田んぼ道、デコ、ボコン、
渡り鳥は整然と弥彦山を越え　北をめざす
あたりは寒く、暗くなってきやがった
赤い風が煽る、煽る、
じじばばは抱きあってケッタケッタ笑い
ときに　とびあがって怒鳴りわめく
かまわず　ひた走る父のリヤカー、
ちぎれ雲すっとび
蛇は石垣に身をかくす
デベソが邪魔だなあ、と田の神さま
う、うるさい！
陽は無情にも大きくかたむく
まだまだ、走る

ライオンまたは有楽町駅前で驟雨に遭う

改札口を出るといきなりの雨
破れたコーモリ傘が群がりだす
ビルのほとりの小さなティールームでは
誰もライオンを待ってなんかいない

これから某々氏の写真展会場へ向かいます
コーモリ傘を買うまでもなかろう
銀座三丁目までは歩いて行こう
なぜ詩人がシャシンを撮るのか——
なぜ詩人がハイクを作るのか——
この町やこの国の雨のことは
ライオンにもわかりません

破れたコーモリ傘にだって

下駄を履いてガード下を走る取的さんたち
どすこい
パンクした自転車は捨てよう
甘いブルースは跡形もない
雨はやまない
電車は停まって　また走る
取的さんたち　走る

雨は降るだけ降らなきゃ　やまない
うちのバアちゃんにだって神さまにだって
あしたのことは何もわからない
あれ　ライオンが逆立ちする
この町やこの国もいつからか逆立ちしている

高層ビルの雨の暗がりに
フルヤノモリは棲んでいるだろうか?
この町には昔　大きな新聞社があって
古びた輪転機が何台も
昼夜　大声でわめきたてていた
眼鏡の蒼ざめた小僧さんが突っ立ったまま
きたない窓から暗い町をのぞいていた

写真展のあと
京橋の路地でイラン映画の試写を観る予定
夕方には市ヶ谷で若い編集者と一杯やるつもり
雨のなかでも　写真家は写真を撮る
俳人は俳句をワシワシつくる
ねえ　ライオン
破れたコーモリ傘が群がって踊る

いちにちの終わりに
若い編集者は　きっと
わけもなく涙を流したくなることがある
この町やこの国の雨はいつやむのだろうか？
誰にもわからない

ライオンは眠っている
草原に追いかけられながら

山上のダンス

弟に

ゆっくり明けてくる山上で
すっくと立ちあがる姿
寒さにふるえているのではない
むしろ歓びにふるえているのだ
雲がながれる　溶けだす
久遠の時は花のように
咲きほこり　深く刻まれる
風や雲のかけらを身にまとい
機嫌よく踊れ

神さまとは
鳥や狐狸のことかもしれない

あるいは　君が愛した
白い猫《マメタロウ》の鳴き声のことかもしれない

そこから　熟れたあけびが見えるか
窓をつたい落ちる澄んだ秋の雫が見えるか
あふれる吐息の房に抱かれて
君の舌も手も足も復活するだろうか
いつまでも　かろやかにつづくダンス
地上には喝采が谺す
元天体少年よ
さあ
雫になって　機嫌よく
新しい曲を　踊ろうぜ

雪の旅立ち

母に

降りしきる雪のなか
語ろうとして語り尽くせない歳月がある
ただ立ち尽くすおれたち
自分の声を辛うじてしぼり出す
雪のなかでできるのは
それだけのこと
をう！

こんなにも冷えこんでしまった冬の門口
ちっぽけなちからと声をこめて
雪を踏み時間を踏むおれたち
黙々といつまでも踏みつづける

冬木立となって　おれたち
去りゆくものをただ見送るだけか
をう！

降りかかる雪を誰も払おうともしない
さわろうとして　誰にも
さわれない歳月がそこにある
雪で覆いきれない歳月
燃えあがるうしろ姿
桑探峠を抜けて　何が見えてくる？
岩沢峠を越えて　どこまで行ける？
何ものかがしきりに呼びかける
煙のような声が何本もあがる
をう！

降りしきる雪をもち寄って

おれたちは小舟をこしらえる
あなたはその舟の底に横たわり
花に埋もれて初めて深く眠るがいい
　ねんねんやー
　ねんこっこやー
ひたいを寄せあって舟をかつぐおれたち
かすかに見えてくる毘沙門山を越え
雪の舟をゆっくり
天の高みへと送り出す
雪が風をまきおこす
をう！

　旅立ちは夕べの風に誘はれて

赤いランドセル

小さなあしたと大きなあしたが
どのランドセルのなかでも
いつも　ガチャガチャ身を寄せあっていた
ぶつかりあっていた　元気よく
夢のかたちをした赤い海や歌ごえが
いっぱい詰まっていた

（行きと帰りに　きまって
（わたしを背負ってくれた小さな背中よ
（あなたは今どこですか？

水平線はゆれやまない

けれども　あたらしい波を
つぎつぎに生み出そうとしてうねる
山並はかたむきやまない
けれども　あたらしい風を
つぎつぎに送ろうとして起ちあがる

（わたしは激浪にもまれ
（泥にまみれたけれど
（ようやく乾いて色をとりもどした
（かたむいた玄関先で　わたしは
（しばらくやすんでから　あの
（小さな背中をさがしつづけます
（あの背中でもういちど歌いたい
（走りまわりたい
（手の平ほどの海をそっと育てたい
（でも　わたしは今からっぽです

あたらしい波や風は
赤いランドセルに
どんなことばをささやいてくれる？
からっぽを満たす歌ごえは　やがて
かなたからやってくる……

まだ笑わない

花のつぼみは笑い出しそうでいて
まだ笑わない
笑えない
冬の真夜中の公園で
便器たちがぞろぞろ歩いている光景を
いつか　はっきり目撃したことがあった
夢まぼろしではなく　たしかに
黙々と一列になって歩いていた
〈公園の冬の便器ら夜あるく〉

開花を待ちながら　人はみな
まだ曇った表情を隠しもっている

池にはいつものように鴨が群がり
鯉や鮒が所在なく移動をくりかえす
誰彼の呟きもこころの雫も
水面は映し出さない
ゆれて映っているのは嘘っぱちの空ばかり

水面に小石を一つ放ってみる
老木の幹を掌で叩いて
うしろの藪から蛇でも誘い出してみようか
鯉にポプコーンや麩を投げ与える人たち
まだペンキを塗りかえないボートが
いくつも池畔に伏せられ
死体のごとくにぶく輝いている
そこからいきなり走り出す風
ころがる赤ちゃんの声
かたむいたままの木のベンチ

草むらのぬるい愛
恋人たちはそこにすわり
淋しいこころを見せあって温めてみるがいい
それから乱れた髪をかきあげかきあげ
腰もあげずにすわったまま
（チャーリー・パーカーのしいたげられし天才について
（とか何とかのおしゃべりをやらかしてみる*

冷えきったJAZZはトラックに山と積まれ
どこへ運ばれて行ったか――
春だというのにねえ
そぞろ歩きのだれもが
静かで曇った表情をさらそうとしない
その足音
うしろ姿
春だというのにねえ

いや　春だからねえ

花のつぼみはもう笑い出しそうだが
まだ笑わない
笑えない
そのこころをたしかめたら
一粒の涙をこぼす前に
すばやくズボンやスカートの尻をはらって
さっさと立ちあがるんだね
何ごともなかったように
恋人たちよ！

＊ルロイ・ジョーンズ「ダッチマン」のセリフより。

ふたつの影

雨あがりの明け方
裏山でけたたましく啼きさわぐ鴉ども
薄暗い崖道をたどるふたつの影
あかりが消えかかっている提灯をさげた母と
そのうしろにつづくのは
石仏を背負った父
（ふたりともまだ生きていたのか…）
縄で緊縛された石仏は苦しそう
背負う父は今にもぶッ倒れそう
フンバレ、ヤイ！
と父を鬼の形相で叱咤する母
鴉どもの声に煽られて

ふたつの影は崖道に這いつくばる
援護してあげるだれもいない
雨あがりの崖から
マムシが何匹も垂れさがっている
野ネズミが道を横切る
アワテルデ、ナイ!
(どこまで行くのか、のう?)
石仏は父の背でこらえきれずに泣き出しそう
前方に見えてきた鳥居が火柱になる
火の向こうにゆらめく山腹から
消え入りそうな鐘の音
提灯ノアカリヲ消スデナイ、
ヤイ!

ちちははの庭・続

夜来のはげしい雨が明け方ウソのようにあがって、いい天気。しかし、土蔵の戸前の桜は満開の花びらを、八割方雨に叩き落とされてしまった。いや、土蔵そのものは去年の秋にとり壊され、今や更地である。そこに春の雑草が萌えはじめ、戸前の位置にはただ一本の桜の古木だけが残った。ちちははは、今年は広々としたその更地のまんなかに、莫蓙を敷いてすわっている。

いいあんべえに雨があがったいや。
ありがてえこんだ。
今年も花を拝ませてもらうこて。

ならんで桜を見あげるふたりの細い姿は、信じられないほどに白く、陽に透きとおってさえいる。桜の花びらは少なくなってしまったのに、目を細めて満開の花にうっとり見惚れているといった様子。しかも驚いたことに、ははの脇にあぐらをかいて笑顔をつくっているのは、おとうとではないか。彼の姿も白く透きとおっている。

今年はおめえも一緒だか。
みごとなもんだねか。
親子で花見なんて、何年ぶりかいの?

満開だった花びらは、夜来の雨に叩き落とされてしまい、かたわらから広がる田んぼに流れこみ、今は水面にびっしりと浮いている。三人はそのことに気づかないどころか、残り少ない桜を見あげて満足している。ははは茶をすすり、ちちはコップ酒を口に運び、おとうとは缶ビールを飲む。重箱の煮〆を、ちちとおとうとがつつくと、はははそれを見てうれしげな表情になる。今年、鶏の唐揚げが加わったのは、おとうとの好みだろうか。無造作にかぶりつく。

同じごっつぉでも、外で食うのは格別うめえな。
残さずたいらげてくれ。
風もなくて、いいあんべえだねか。
去年までじいさまとふたりだけだったが、今年はちっとにぎやかだ。

暖かい午後の静かな花見である。田んぼでは蛙がそろそろ鳴きはじめた。田植え時分になると、さらににぎやかになる。その時季には蛙の声が聴きたくてわたしは帰省し、蛙の声を肴に夜通しおとうと酒を酌みかわしたものだった。

遠蛙ひとりで生くる齢なる　　中村草田男

ちちははの時間がそろりと動く。おとうとの時間もわたしの時間も動く。遠蛙を聴きながらひとりで生き、遠蛙を聴きながらひとりで去って行く。時間は止まってくれない。それでいい。隣の家で飼う牛が、いきなりモーーと鳴く。

喰うて寝て悩んで生きて……か。
理屈じゃねえ。コップ一杯の酒みてえなもんだ。
やれやれ、女が出る幕じゃねえかいのう。
うめえなあ。

田んぼの水面をびっしり埋め尽くした花びらの下に、ちらちら垣間見えているいくつかの白い影。あれは蛙でも鮒でも田鼈でもない。何だ、あれは？　よくよく観察してみれば、やあ、じいさまとばあさまではないか。さらに眼を凝らせば、会ったこともないご先祖さまたちの顔もある。みな一様に白い姿をして寄り合い、瞑目している。彼らは桜ではなく、ちちはやおとうとのほうをじっと向いている。風がないのに、水面も花びらもかすかにゆれる。

みごとな花だねか。
うまいごっつぉだいや。

いいお天気で、ござんす。

ご先祖さまが苦労して建造した立派な土蔵を、いつの間に誰がとり壊したのかは知らない。バチアタリメ。二つの大地震で屋根が前々から傷んではいた。土蔵のなかには家代々の古い家具をはじめ、農具やがらくたなどがおさめられていた。不ぞろいの芥川龍之介全集もあった。焼酎の一升瓶のなかで、生きた蝮がくねっているのを見て驚いたこともあった。こどもの頃におとうとと宝さがしをしたが、たいしたものはなかった。お宝って何？　おとうとが亡くなって間もなく、土蔵はとり壊されてしまったのだ。土蔵の時間も動くのか？　バチアタリメ！

いいお天気で、ござんす。
親子そろってのお花見で、ござんす。

覚書

詩集『雲の縁側』をまとめてから、ちょうど十年が経ってしまった。詩を書きあげてしまうと、それらを束ねることに積極的になれないのはいつものこと。この間は詩を書きながら、句集や落語論、日録などを刊行して、よそ見をしていたのかもしれない。しかし、詩人が詩集をまとめることは当然のことであり、きわめて格別なことでもあるはず。そろそろまとめようか……と考えていた矢先に三・一一が起きて、しばらく気持ちの上で足踏みせざるを得なかったことも。

十年一昔という言葉があるけれど、十年の間に大きな出来事がいくつか、世間にもわが身辺にも発生した。『雲の縁側』で思いがけず現代詩花椿賞に決まった四十日後に、中越地震で実家は半壊した。大工だった弟は、実家だけでなく近在の家々の修復や改築に奔走していたが、私は何ほどのこともできなかった。

うれしかったこと、悲しかったことなど振り返ればきりがない。震災から六年後に難病を発症して弟は急逝した。一、二年前後して父母も亡くなった。身内だけでなく、親しい人たちを昨今相次いで見送っている。それはここに記す筋合いのものではないけれど、いかなる悲劇や死の前でも、私たちの言葉はこうべを挙げてそれらと向き合わなければならない。本書はそうしたことと無関係に、別仕立てで安閑として生まれたわけではない。しかし、自詩自解は慎みたい。

二〇〇三年六月から二〇一一年八月までに発表した詩のなかから選び、発表順に配列した。詩は個人誌「いちばん寒い場所」をはじめ、他の雑誌・新聞に発表した。各誌紙の担当者にあらためて感謝申し上げます。「ちちははの庭・続」だけは昨年の作だが、前詩集の「ちちははの庭」の続編なのでここに収めた。

『雲の縁側』を渾身の装幀で包んでくれ、一昨年残念ながら亡くなった畏友・三嶋典東さんのイラストを使わせていただいた。ありがとう。また、このたびお世話になった思潮社の小田久郎さん、高木真史さんに心からお礼申し上げます。

八木忠栄

二〇一四年四月

八木忠栄 著書一覧

詩集

『きんにくの唄』（1962・思潮社）
『目覚めの島』（1964・グループぎやあ）
『にぎやかな街へ』（1972・私家版）
『馬もアルコールも』（1977・私家版）
『八木忠栄詩集 1960 〜 1982』（1982・書肆山田）
『12090-82-000104-0』（1983・書肆山田）
『雨はおびただしい水を吐いた』（1986・花神社）
『酔いどれ舟』（1991・思潮社）
『八木忠栄詩集』現代詩文庫 138（1996・思潮社）
『こがらしの胴』（1997・書肆山田）
『雲の縁側』（2004・思潮社）

句集

『雪やまず』（2001・書肆山田）
『身体論』（2008・砂子屋書房）
『海のサイレン』（2013・私家版）

散文集

『風と会う場所』（1978・民芸館）
『詩人漂流ノート』（1986・書肆山田）
『ぼくの落語ある記』（2003・新書館）
『落語はライブで聴こう』（2005・新書館）
『落語新時代』（2008・新書館）
『「現代詩手帖」編集長日録』（2011・思潮社）

雪《ゆき》、おんおん

著者
八木《やぎ》 忠栄《ちゅうえい》
発行者
小田久郎
発行所
株式会社 思潮社
〒一六二―〇八四二　東京都新宿区市谷砂土原町三―十五
電話〇三（三二六七）八一五三（営業）・八一四一（編集）
ＦＡＸ〇三（三二六七）八一四二
印刷・製本
三報社印刷株式会社
発行日
二〇一四年六月十五日　第一刷　　二〇一五年五月十五日　第二刷